그대가 있어 행복합니다

그대가 있어 행복합니다

초판 1쇄 | 2004년 10월 20일

지은이 | 이수인

펴낸이 | 김영재

펴낸곳 | 책만드는집

주소 | 서울 마포구 합정동 428-49 4층(121-886)

전화 | 3142-1585·6

팩시밀리 | 336-8908

E-mail | chaekjip@chol.com

등록 | 1994. 1. 13. 제10-927호

ⓒ 이수인, 2004

ISBN 89-7944-207-6 (03810)

이 수 인 시 집

그대가 있어 행복합니다

책만드는집

떠나는 자 떠나보내는 자

네 번째 행복

인생의 영원한 모순이여

시인의 말

너무 현학적이라 시감이 떨어지는

너무 관념적이라 교감이 떨어지는

그런 시가 아니라

내 마음 같은

내 고뇌 같은

내 사랑 같은

내 인생 같은

그런 시로

읽는 이의 가슴을 두드리는 시

닫혀진 마음을 살며시 열어주는 시

굳어진 마음을 부드럽게 녹여주는 시

그리하여

마음이 착해지는 시

마음이 따스해지는 시

마음이 아름다워지는 시

그래서

사람들의 마음이 행복해지는 시

그런 시를 쓰고 싶다

첫 번 째 행 복

모든 빛나는 것은 아름답다

지상을 떠난 영혼들이 별이 되어 빛나는 밤 너의 마음처럼 빛난다

나의 마음처럼 빛난다 모든 빛나는 것은 아름답다

행복은

매 순간마다
감사하고

매 상황마다
만족해할 때

축복처럼 찾아오는 것이다

그리움이란

그리움이란

보고 싶은데

볼 수 없을 때를 말한다

그리움이란

사랑한다고 말하고 싶은데

사랑한다고 말할 수 없을 때를 말한다

그리움이란

갖고 싶은데

가질 수 없을 때를 말한다

그래서

마음속에 꽁꽁 숨겨놓고

풀어놓을 수 없을 때

생기는 것이

그리움이다

그대가 있어 행복합니다

그대를 생각하면

아직도 가슴이 저려옵니다

그대를 생각하면

아직도 긴 밤을

불 밝히며 그리움에 지샙니다

그대를 생각하면

아직도 눈물이 납니다

그대를 생각하면

아직도

가슴이 설레입니다

그대를 생각하면

그대가 있는 이 세상이 아름답고

그대가 있어

아직도 행복합니다

그대여 어느 날

그대여 어느 날
하늘이 무척 맑아
마음의 구름까지
싹 거두어지는 날이 있걸랑
나를 한번 생각해 주오

그대여 어느 날
무심결에 불어온 바람이
너무도 청량해서 마음의 깊은 시름이
한순간 사라지는 날이 있걸랑
나를 한번 생각해 주오

그대여 어느 날
어린 새순처럼
부드럽고 다사로운 햇살이
가파른 삶에 한 줌 비쳐드는 날이 있걸랑
나를 한번 생각해 주오

그대여 어느 날

산길을 걷다가 외롭게 피어 있는

이름 모르는 산꽃과 눈이 마주쳐

수줍게 웃음 지을 때가 있걸랑

나를 한번 생각해 주오

그대여 어느 날

맑던 하늘이 먹구름에 가려져

한차례 소나기가 쏟아지거든

슬픔의 눈물이 아닌

기쁨의 눈물이라 생각되거들랑

나를 한번 생각해 주오

그대여 어느 날

밤새 내린 눈이 소복하게 쌓여

천지간이 하얗게 변해 있는데

거기 발자국 하나 찍혀 있거들랑

나를 한번 생각해 주오

가을 숲에서는 투명한 소리가 난다

가을바람에 나뭇잎이 흔들리면

어린 아이들이 재잘거리는 소리가 난다

가을바람이 숲 전체를 흔들면

어린 아이들이 까르르 웃는 소리가 난다

가을바람이 한차례 스치고 지나가면

나뭇잎 사이로 반짝이는

맑은 햇살이 숲을 빛나게 한다

그 위로

산까치 한 마리 날아간다

푸드득!

비상하는 소리가 경쾌하다

이른 아침

가을 숲속에 들어와 있으면

머릿속이 숙취에서 깨어나듯 상쾌해진다

입을 벌리면

가을 숲처럼 투명한 소리가 날 것 같다

가을 엽서

보내는 계절에 대한 미련인지

다가오는 계절에 대한 낯가림인지

환절기 때마다 며칠씩 앓아눕곤 합니다

오랜만에 누워 있던 몸을 추슬러

가을 산에 다녀왔습니다

당신이 처음 가르쳐준

가을 산은 참으로 충만했습니다

따사로운 가을 햇살이 넘쳐나고

그 햇살 아래 빛나던 나뭇잎과

반짝이던 계곡의 물살들

보이는 것마다 축복이며 은혜로웠습니다

가을 아침

부드러운 햇살 아래 산길을 걷다가

문득

당신이 보고 싶어졌습니다

그곳에서 가을의 한 부분으로 잘 계시겠지요

혼자 걷는 산길이

왠지 쓸쓸했습니다

발길을 돌려 내려오는 길에

산비탈 쪽으로 참나물 꽃이

군락을 이루며 피어 있었습니다

당신을 향한 애잔한 그리움처럼

당신을 본 듯

갑자기 마음이 환해졌습니다

마음은 당신이 있는

그곳에 가 있습니다

오월의 창을 열면

해 저물 녘
오월의 창을 열면
어두움과 함께 밀려오는
달콤한 향기

종일 놀이터에서
종알거리던 아이들이
엄마 손에 이끌려 들어가고

해는 붉은 그림자를 드리우며
서산 뒤로 사라지고
잔잔히 어두워져가는 세상

이르게 핀 아카시아 꽃이

동네 야산에 가득 피어

오월의 저녁 나절을

달콤하게 만들고 있다

동네 가득히 퍼져 있는

아카시아 향기가

아름다운 오월의

저녁 나절을 평화롭게 만들고 있다

모든 빛나는 것은 아름답다

깊은 밤

칠흑같이 어두운 밤, 허공을 난다

불편한 항공기 좌석에서

서울에 두고 온 잠을 청하다가

기내 창을 올려본다

비행기 날개 꼬리 끝에 빨간 빛 한 점

그 위로 반짝이는 별이 보인다

땅에서 보던 별보다 더 크게

다 가깝게 더 다정하게 보인다

지상을 떠난 영혼들이

별이 되어 빛나는 밤

너의 마음처럼 빛난다

나의 마음처럼 빛난다

모든 빛나는 것은 아름답다

산수유

아직 바람 속에 칼날이 숨겨진 이른 봄
마른 가지에 물이 오르기도 전에
꽃망울을 터뜨리는 산수유, 봄의 전령사

그 단아한 화사함이
아파트 단지에 봄을 가져온다
노란 꽃망울이 활짝 터져 사그라질 때까지
봄 내내 마음이 화사하다

날을 가는 칼처럼
바람이 매서워 옷깃을 여미는 겨울날
마른 잎조차 다 떨어진 나목에
꼬마전구를 켜놓은 듯 달려 있는
빨간 열매 루비인들 저렇게 영롱할까

옷깃을 여미며 오고 가는
아파트 단지에서 바라보는 산수유 열매
겨울 내내 마음이 보석처럼 영롱하다

비 내리는 경춘선

비 오는 평일 한가한 오전에
경춘선 열차를 타 보라

지나온 세월이 그곳에 있다
그곳에 묻어둔 젊음이 있다

곳곳에 스며든 추억들이
오월의 단비를 맞으며

산과 강과 들판에서
푸르게 자라나고 있다

경춘선 열차를 타면

첫사랑의 추억이

내리는 빗속에서

조용히 되살아난다

내리는 빗속에

산도 젖고

들판도 젖고

내 마음도 추억에 젖는다

낙엽송처럼

가을이 깊어
단풍이 한창이다

낙엽이 지는 소나무
낙엽송의 빛깔이 수시로 곱다

젊어 한때는
늘 푸른 소나무가 좋았다
사철 변하지 않는 푸르름
마냥 청춘일 줄 알았다

허나 지금은

봄이면 연한 잎이 솟아나와

여름내 푸르다가

가을에 황혼 빛으로 물들어

낙엽이 지는 낙엽송이 좋다

낙엽송처럼

아름다운 황혼을 꿈꾼다

봄날의 수다

봄날의 새싹은
왜 그렇게 풋풋한지

봄날에 피는 꽃들은
왜 그렇게 화사한지

봄날에 부는 바람은
왜 그렇게 달콤하고 부드러운지

봄날의 햇살은
왜 그렇게 따스하고 감미로운지

산과 들에

기분 좋은 수다처럼 퍼져가는

봄

바람

햇살

아기 웃음 같은 봄꽃

온 천지가

조근조근 수다스럽다

단풍나무가 된 듯

단풍 구경을 하러

설악산을 찾았습니다

미시령 휴게소에서

가르마처럼 난 산길을 올라갔습니다

멀리서 바라만 보던

산 속의 길을 찾아

올라가는 일은 경이로웠습니다

어느 골짜기는

벌써 단풍이 져버려

나뭇가지만 남아 있고

어느 골짜기는

붉고 노란 옷을 입은 나무들이

다소곳한 새색시처럼 곱게 서 있었습니다

산 속의 바람과

나뭇가지 사이로 비쳐드는 햇살과

옷 벗은 가지끼리 몸 부비는 소리에 묻혀

멀리서 바라만 보던 산 속에 올라

나도 한 그루 단풍나무가 된 듯

오래 서 있었습니다

바람이

나의 등을 떠밀어낼 때까지

사랑은 변하고 추억은 간직하는 것이다

사랑하는 사람과

가슴 아픈 이별을 했다고 울지 마라

그 사랑을

영원히 간직하고 싶다면

헤어짐을 서러워 마라

사랑은 변하는 것이다

변하지 않는다면 그 사랑은

세월 따라 낡아지기 때문이다

변한 사랑보다

더 슬프고 쓸쓸한 것이

남루해진 사랑을 바라보는 것이다

사랑은 변하는 것이고

추억은 영원히 간직하는 것이다

봄 햇살

봄의 다사로운 햇살은

저 마음 깊은 곳에서부터

따스함이 올라오게 한다

정오가 지난 여유로운 시간에

넉넉한 봄 햇살을 받으며

시집 한 권 들고 걷고 있는

나는 행복하다

어려서부터

책 속에 파묻혀 사는 것이

꿈이던 나의 소망이 이루어져 있음을

새삼 느끼게 해주는 봄이다

발길에 채이도록

많은 책 속에 사는 것이 행복이고

깊은 우물에서 맑은 물을 퍼올리듯

삶 깊은 곳에서 시를 길어올리는

나의 삶도 감사하다

이따금

청소하다 발길에 걸리는

책들을 차버리는 고약을 떨 때도 있지만

오늘

화창한 봄 햇살 속에서

뒤죽박죽 쌓여 있는 책 더미에도

정겨움이 가득하다

봄은

사람의 마음을

따스하고 정겹고 감사하게 만들고

만물을 되살아나게 하는

축복받은 계절이다

두 번째 행복 떠나는 자 떠나보내는 자

하늘거리며 떨어지는 꽃잎의 축복을 받으며 떠나는 영혼은 아름답다

떠나는 자 떠나보내는 자의 슬픔까지도 아름답다

자연의 냄새

육체노동으로

평생을 산 사람의

거친 얼굴에서는

푸근하고 풋풋한

자연의 냄새가 난다

볕에 그을리고

땀방울에 찌든 얼굴에 스며 있는

햇볕 바람 공기

마주 대하는 그 순박함에

마음이 선해진다

비록 행색이

초라하고 남루해도

자연 햇살에 잘 마른

풀 냄새가 난다

봄날의 오후

아직

바람은 칼칼해도

베란다를 통해 들어오는

환한 햇살은 봄이다

모처럼

인생의 혹 같은 식구들

모두 제 볼일 보러 간

한가한 오후

밀려드는 환한

봄 햇살이 나를 희롱한다

가슴 설레는

티타임 약속이라도 있다면

더없이 행복하겠지만

지금 이대로도 좋다

밀려드는 봄 햇살

환한 설레임만으로도

충분히 행복하다

봄에 떠나는 영혼은 아름답다

벚꽃이

분분하게 흩날리는 날

떠나는 영혼은 아름답다

그것이

눈물일지라도

슬픔일지라도

애통함일지라도

비통함일지라도

원망일지라도

분노일지라도

아름다움일지라도

아쉬움일지라도

하늘거리며 떨어지는
꽃잎의 축복을 받으며
떠나는 영혼은 아름답다

떠나는 자 떠나보내는 자의
슬픔까지도 아름답다

화사함과 애절함의 극치 속에서
떠나는 자 떠나보내는 자의
이별까지도 아름답다

자연으로 돌아갈 때까지

건조가 잘 된

담배에서는

신선하고 향긋한

풀 냄새가 난다

발효가 잘 된

막걸리에서는

구수한 누룩과 어우러진

깔끔한 물맛이 느껴진다

인내와 성실로

내공을 쌓은 사람에게서는

깊은 산 속 오염되지 않은

공기를 마신 것 같은

상쾌함이 전해진다

이 땅에 태어나서

좋은 자연으로 돌아갈 때까지

오염되지 않게 잘 살아야겠다

나에게 이별을 가르친 것은

어느 시인은
자신을 키운 것은 8할의 바람이라고 했다

나는 말한다

나를 사람으로 만든 것은
젊은 날의 가난이라고

나에게 인생을 가르친 것은
온갖 바람이 부는 세상이라고

나에게 사랑을 가르친 것은
그 세상에서 만난 사람들이라고

나에게 이별을 가르친 것은
내가 사랑한 사람들이었다고

인생은 장편소설

너를 처음 만났을 때
나는 너의 인생의 표지만을 보았다

너를 계속 만날 때마다
페이지 한 장씩 늘어나고
그 페이지는 기쁨과 희망과
사랑의 언어들로 가득 채워지고

어느 날부터는
페이지마다
슬픔과 절망과 분노의
언어들로 가득 채워지더니

한 권의
장편소설이 되었다

모르고 살아가는 것

아픔은 아픔의 끝이 보이지 않기에 고통인가요

삶은 삶의 끝이 보이지 않기에 절망인가요

사랑은 사랑의 끝이 보이지 않기에 이별인가요

고통은 그 고통의 끝을 모르기에

아픔을 삭이며 살아갑니다

절망은 그 절망의 끝을 모르기에

희망을 갖고 살아갑니다

이별은 그 이별의 끝을 모르기에

사랑을 하며 살아갑니다

모르고 살아가는 것

모르고 사랑하는 것

모르고 이별하는 것

그것이

운명입니다

텅 빈 충만

높은 곳에 올라서

텅 비어 있는 넓은 들판을

바라보고 있노라면

가슴 가득히

차오름을 느낀다

텅 빈 곳에서 느끼는 충만함

가을걷이가 끝난

빈 들판을 바라보면

심혈을 기울여

작품 하나를 끝낸 충만함이

가슴 가득 채워짐을 느낀다

충만함 속에서 느끼는 평안

손을 잡았을 때

손을 잡았을 때
거부감이 없는 사람

손을 잡았을 때
놓고 싶지 않은 사람

손을 잡았을 때
자꾸 잡고 싶은 사람

그 사람이
바로 사랑하는 사람이다
사랑할 수 있는 사람이다

손의 감각은
정확하다
정직하다

당신의 일상이

당신에게는 무심한 일상이
나에게는 상처가 되어 마음이 아픕니다

당신에게는 당연한 일들이
나에게는 상처가 되어 외면당한 것처럼 서글픕니다

당신으로서는 꼭 해야 할 일들이
나에게는 돌이킬 수 없는 고통이 됩니다

그런 모든 상처들이
곪아터져 고름이 뚝뚝 흐릅니다

너무 고통스러워 이제는 내가
당신을 버리겠습니다
당신을 버리는 아픔이
훨씬 가볍습니다

청춘이라는 터널

어찌 열병 없이 절망 없이
청춘이라는 터널을 지날 수 있으랴

홍역을 치르지 않고는
어른이 될 수 없듯이
청춘의 열병을 치르지 않고는
어른이 될 수 없다

설익은 땡감의 떫음 없이
설익은 풋사랑의 어설픔 없이
목숨 걸고 매달릴 첫사랑의 절절함 없이
건널 수 없는 것이
청춘이라는 터널이다

그것을 건너지 못한 사람은
평생
정신적인 미성숙자로 남아 있다

사람답게 사는 일

내 삶의 지표는
사람답게 살려는 것이었다

사람이 싫고
사람이 밉고
사람에게서 나는 냄새가 싫어
무던히 사람을 피하고 거부했지만
결국 사람일 수밖에 없고
사람 속에서 살 수밖에 없는 것을
절감하면서 사람답게 사는 것이
얼마나 어려운가를 알았다 그 후로
내 삶의 지표는
사람답게 살려는 노력이었다

사람답게 사는 것이

사람 노릇하는 것이

얼마나 어려운 일임을 알수록

내 평생 삶의 목표는

사람답게 사는 것이다

향기가 나는 아름다운 사람

내가 살아온 삶만큼

힘겹게 산의 정상에 올라 내려다보면

내가 올라온 길과 숲과 산길이 훤히 보인다

나

힘들게 수십 년을 살아온 지금

세월을 뒤돌아보면

삶의 고비 삶의 갈피마다 훤히 보인다

십 대의 순진무구했던 얼굴이

이십 대의 방황하던 영혼이

삼십 대의 정신 없이 살아온 일상이

사십 대의 지치고 고단한 뒷모습이

훤히 들여다보인다

그러나 보지 못하는 것이 있다

산의 정상에서 그 이상을 보지 못하고

산 아래를 굽어보듯이

사십 이상의 인생을 알 수가 없다

살아보지 않은 나이나 인생을 느낄 수 없다

내가 올라온 산만큼

내가 살아온 삶만큼밖에 볼 수 없다

독약 같은 잠

온갖 미움이 내게로 다가와

하루 종일 가슴속이 바글바글 끓었다

하루 종일 머릿속에서 팝콘을 튀기듯 통통거렸다

온갖 분노가 내게로 다가와

하루 종일 가슴속에 덩어리가 뭉쳐다녔다

하루 종일 머릿속에서 벌레가 스멀거렸다

온갖 증오가 내게로 몰려와

하루 종일 가슴속에 바위가 들어앉았다

하루 종일 머릿속에서 거미가 미로의 집을 지었다

그냥 이대로 펑

화산이 폭발하듯 터져버렸으면 좋겠다

그리하여 나의 뇌수가

용암처럼 흘러넘쳤으면 좋겠다

아니라면 그냥

독약 같은 깊은 잠으로 빠졌으면 좋겠다

정 또는 애증

오랜 기간

너를 미워했다

그것은

다름 아닌

너를 향한 그리움이었다

오랜 기간

너를 미워했다

그것은

다름 아닌

너에 대한 마르지 않는 사랑이었다

오랜 세월이 흐른 뒤

미움과 사랑이

하나가 되었다

우리는

그것을

정 또는 애증이라고 말한다

그것이 인생이다

한창 젊어서
일에 부딪힐 때는
그 일을 피해 도망치고 싶어
안달을 했다

왜 그리 세상일이
힘에 부치는지
온몸으로 거부하고 싶었다

나이가 들어
일의 가치와 의미를
알게 되었을 때

삶이 곧 일이고

일이 곧 사람 사는 이치임을

깨닫게 되었을 때는

일이 나를 거부하고 있다

세상이 나를 필요로 할 때

내가 삶을 피했고

내가 삶을 필요로 할 때

세상이 나를 거부하고 있다

그것이 인생이다

부부가 해로한다는 것은

한평생 당신만을 바라보라 하시기에

평생 한 곳만을 바라보고 살았지요

가끔은

재미도 없고 지루하기도 해서

다른 곳을 다른 세계를

넘겨다보고 싶기도 했지요

하지만

무덤덤하고 무심한 인간을

탓하지 않고 밉다 하지 않고

예쁘다 하는 당신을 보면서

한 곳만 보고 살아왔습니다

부부가

해로한다는 것은

아주 작은 약속입니다

이것은 작지만

소중한 진실이고

작은 평화이지만

세상을 건강하게 만드는

위대한 질서입니다

옥수수가 익어가는 마을

옥수수가 익어가는 마을

조그만 간이역 주막에서

옥수수로 담근 술 한 모금으로

마른 목을 축인다

알알이 꽉 찬 옥수수처럼

듬성듬성 이 빠진 옥수수처럼

살아온 인생의 깊이만큼

살아온 인생의 넓이만큼

인생의 열매가 영글어가는 중이다

지나온 길의 노고에 대한

아직 가야 할 길의 수고에 대한

휴식과 격려 같은 한 모금의 옥수수 술

옥수수가 익어가는 마을에서

여름이 짙어지고

마흔아홉의 인생이 익어가는 중이다

세 번 째 행 복 그대들은 아십니까

그대들 때문에 순간순간 행복한 것 아십니까

그대들을 보며 가끔 행복해지는 것 그대들은 아십니까

본질과 변질 사이

순수는 타고나는 것이고

순진은 길들여지는 것이다

그래서

어떤 상황에서도

순수는 변하지 않는 본질이고

순진은 상황에 따라 변질되는 것이다

흐르는 물처럼

열병 같은 사랑도

열꽃처럼 번지는 사랑도

이제는 싫다

목마르게

애타게

간절하게

진이 빠지는

사랑도 싫다

이별 앞에

한숨지으며 눈물짓는

사랑도 싫다

심장이 졸아들어

숨 쉬기 힘든 기다림의

사랑도 싫다

이제는

그냥 지나가는 바람처럼

떨어지는 꽃잎처럼

주룩거리는 빗물처럼

흐르는 강물처럼

그렇게 흐르고 싶다

착하게 살고 싶다

하고 싶은 것도 많았고

이루고 싶은 꿈도 있었고

내 자신의 삶을 폼 나게 살고도 싶었다

그러나 지금은

착하게 살고 싶다

나만의 삶에

만족하는 삶이 아니고

나로 인해 남들이 행복해지는

그런 삶을 살고 싶다

삭막하고 사악해지는

사람들의 마음에

따스한 햇볕 한 줌

시원한 한 줄기 바람

그래서 무표정한 얼굴에

희미한 미소 하나 짓게 하고 싶다

인생이 미완성인 이유

나이를 먹으면서

얼굴이 따라 늙고

몸이 따라 늙는다

단지

늙지 않는 것은

마음뿐이다

아니

나이를 먹으면서

마음은 점점 더 젊어진다

집착이 강해지기 때문이다

나이를 먹으면서

몸과 마음이 함께 늙어가면 좋을 텐데

늙지 않는 마음 때문에

인생이 미완성이 된다

모성애도 자란다

모성애라는 것이
본능이라지만

자식을 사랑하는 마음도
나이를 먹으면서

세상을 한두 해 살아가면서
인생을 터득해 가면서
생기는 것이 모성애다

모성애도
나무의 나이테처럼

해가 바뀔수록
연륜이 깊어진다

사랑보다 우정이

사랑보다

우정이 오래간다

사랑은

열정이 식으면 끝나지만

우정의 나눔은

세월이 갈수록 커진다

초등학교 동창회

초등학교를 졸업한 지
삼십여 년이 흘렀다

그 긴 세월
소식 한번 얼굴 한번 본 적 없던
동창들을 사십을 훌쩍 넘긴 어느 날 만났다

가물거리는 기억 속에 만난 얼굴들
아직 젊지도 늙지도 않은
중년의 아줌마 아저씨

도대체 저게 누구야

전혀 낯선 혹은
전혀 낯설지 않은 얼굴

바로 나다
나의 얼굴이다

수십 년 만에 만난 동창에게서
나의 얼굴을 본다

그대들은 아십니까

그대들 때문에
순간순간 행복한 것 아십니까

코흘리개 때 만나
남자 여자 모를 때
어우러져 뛰어놀던 그때

사춘기로 접어들어
서로 내외하며 어색함에 등 돌리다
한창 푸른 청년기에 만나
의기투합하던 그때

제각기 짝을 만나 살다가

몇 십 년이 흘러 다시 만난 지금

그대들을 보며

가끔 행복해지는 것

그대들은 아십니까

그대들도

나랑 동감입니까

요즘 뭐 하세요

가끔 만나는 사람들이 묻는다

요즘 뭐 하세요
글 많이 쓰세요

그냥 아무 생각 없이 살아요
돈 벌려고 아등바등거리지도 않고
글 쓰려고 끙끙 골머리 싸매지도 않고

시간 흐르는 대로
몸 놀리면서 그냥 바쁘게 살아요

유달리 미워하는 사람도 없이

애타게 그리워하는 사람도 없이

계절 따라 옷 바꿔 입으며

그냥 편하게 살아요

그렇게 세월이 흐르다보니

내 마음이 행복하다고 하네요

달팽이관의 반란

이따금 세상에 멀미를 할 때가 있다

징후도 없이 갑자기 쏟아지는 비처럼
별안간 찾아오는 어지러움

세상이 빙빙 돌아 눈을 뜰 수도
똑바로 서 있을 수도 없는 어지러움에 시달린다
움직일 때마다 토하면서 나둥그러지고 만다

지구 밖으로 튕겨져나가는 그런 기분
지구가 나를 거부하는 느낌

어지러움이 가라앉을 때까지
며칠을 움직임 없이 누워 있어야 한다

이유도 없다

이유도 모른다

세상이 나를 거부하는 것인지

내가 세상을 거부하는 것인지

어지러움은

나의 사고를 정지시킨다

와이키키 브라더스

그들의 인생은 부초처럼 떠돈다

그들의 인생은 어둠 속에서만 반짝인다

그들의 인생은 누가 뭐래도 바닥이다

수없는 절망과 좌절을 느끼면서도

인생이 바닥을 친 줄 알면서도

그들은 음악을 버리지 못한다

인생의 밑바닥에서

절망 속에서도 희망을 길어올리는

그들의 외곬의 삶이 아름답다

주어진 인생을 살면서

자기가 목숨 걸고

사랑하는 것이 있다면

자기의 인생을 걸고

하고 싶은 것이 있다면

그 인생은 행복하다

비록

밤무대에서 부르는 노래지만

그들의 얼굴은 행복하다

부르고 싶은 노래를 부르는

삶의 작은 충만함에 가득한 얼굴이

아름답다

−영화 〈와이키키 브라더스〉를 보고

나이테

나이를 먹을수록

배 둘레가 넓어진다

사람 몸도

나무처럼 오랜 세월이 흐르면

나이테가 생기나 보다

야성과 자유 그리고 삶의 방식

삼류 인생은 인생도 아니라고 생각했다

제도권 안의 인생만이 잘사는

인생이라고 생각했다

인생뿐이 아닌

음악도 미술도 문학도

아니 모든 인생과 예술이

제도권 내의 교육을 받은 것만이

진짜라고 생각했다 왜?

그렇게 교육받고 자랐고 살았기 때문이다

교육을 받았던 그 시절에서

한참을 벗어나 세상에 묻혀

오랜 세월이 지난 지금은

내가 진짜라고 생각했던 것이

별것 아니라는 생각이 든다

진짜 인생은 자기가 하고 싶어하는 것을

온몸과 마음과 인생을 다 바쳐 미치는 것이다

그것이 돈이 안 되더라도

그것이 권위가 안 되더라도

그것이 명예가 안 되더라도

설혹 그것이 절망일지라도

그 미친 짓에서 실낱같은

기쁨과 희망이 남아 있다면

그 기쁨과 희망 때문에

조금쯤 행복해진다면

그것이 진짜

인생이라는 생각이 든다

이 세상을 살고 있는

세상의 모든 아웃사이더들이여

파이팅!!!

나이를 먹으면서

나이를 먹으면서

가까이 있는 것이 안 보이고

멀리서 봐야 제대로 보이는

원시가 되어간다

가까운 것만

보이는 것에만

집착하고 살던 것을

이제는 멀리 있는 것

보이지 않는 것에

눈을 돌리라는 신의 섭리같다

눈은 노안이 되어가도

심미안은 밝아진다

젊어서 못 보던 것들이

나이를 먹어가면서

보이는 것들이 많아진다

여러 이웃들의 삶이

다양하게 눈에 들어온다

그래서

나이 먹는 것이

명쾌하다

성숙되거나 늙거나

당신이 미웠습니다

당신이 야속했습니다

당신을 용서할 수 없었습니다

싸우고 미워하고

수없이 돌아서도

결국 제자리입니다

밉고 야속하고

절대 용서할 수 없어도

결코 당신을 떠나지 못합니다

이제는

그 모든 감정이 수용됩니다

좋게 말하면

감정의 성숙이라고 할 수 있습니다

나쁘게 말하면

이제는 지쳤거나 늙었거나입니다

감정도 나이를 먹어감에 따라

성숙되나 봅니다

늙어가나 봅니다

보기 싫은 자화상

십 대에서 이십 대에 이르기까지
삶의 정체가 극심했다
시간이 시속 20km 이하로 더디게 흘렀다

삶의 인식과 무형의 자아 찾기
속에서의 혼돈이 치열하던 시간이었다
불순물이 섞이지 않았던 순금 같던 시간들
고독과 방황마저도
순수해서 아름다웠던 시절

그 순수의 강을 건넌 순간
시간의 무한 질주
세월은 빠른 속도로 흘러갔다

걷잡을 수 없는 세파의
소용돌이 속에서 나 자신도
내가 싫을 만큼 불순해져서
나이를 먹고 있다

너무 많은 눈을 갖고
너무 많은 생각을 갖고
세상을 보고 사람을 바라본다

보기 싫은 불순한 군상들
그 속에서 나의 미운 모습도 보인다

세월의 나이만큼
노회한 눈을 갖고 있는 저 여자

보기 싫은 자화상이다

무제

헛된 희망은

절망과 같다

장난이 아니야

회전문에서 장난치는 아이를 본다

어린 아이들은 장난이 생활이다

세상의 모든 사물이

장난의 대상이다

그러다

어른이 되면 원하지 않아도

세상이 그들에게 장난을 친다

그제야

어른이 된 아이는

삶이 장난이 아님을 깨닫는다

서서히

삶이 힘겨워진다

인생이 녹녹치 않음을

절절히 느낀다

네 번째 행복 인생의 영원한 모순이여

인내를 배우는 시간 인생에 있어서 인내가 얼마나

필요한 것임을 깨닫는 시간들 그 기다림의 시간을 잘 건디면

그 짧은 시간이 평생에 도움이 되는 무한한 시간이 될 것이다

아이러니

평생을 살면서

죽도록 미워한 것이

어느 날 문득

생각해 보니

바로

내 인생이었다

아!

인생의 영원한 모순이여

젊지도 늙지도 않은

나이를 먹어가면서 슬픈 것은

몸이 늙어가는 것보다

감정이 무뎌지는 것이 더 슬프다

좋은 것을 보아도

아름다운 것을 보아도

무덤덤한 감정이 한없이 슬프다

아주 늙어

이 세상과 작별할 때가 오면

이 지상의 모든 것에 애착을 느끼며

다시 한번 이 세상이 아름답다는 것을

뼛속 깊이 새길 날이 올까

아직은

젊지도 늙지도 않은

늙어가는 길목에 서 있는

중년의 비애가

무딘 가슴을 두드린다

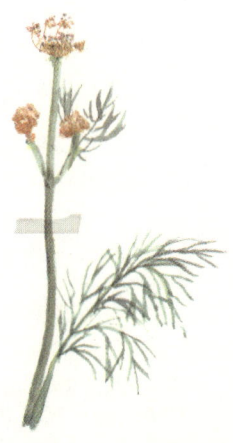

사랑니를 뽑고 나서

열일곱에 난 사랑니를
마흔여섯에 빼버렸다

사랑니가 나올 때의 아픔은
참 춥고 서러웠다

나온 사랑니가 삼십여 년을 붙어 있다
이제야 내 몸에서 떨어져나갔다

열일곱에 시작된 사랑을
마흔여섯에 끝내버린 기분이다

사랑니가 날 때도
온 몸살을 앓게 하더니

사랑니를 뺄 때도
온 몸살을 앓게 한다

그래서 사랑과 이별은
동일선상에 있는 것이다

숫자 개념

부끄러운 얘기지만

누가 부모님 나이를 물어보면

대답을 못한다

환갑이 지났다든가

칠순이 넘었다고 대답한다

부모님 나이를

마흔 후반에서부터 잊어버렸다

마흔일곱이나 여덟에서부터 숫자를 놓쳤다

그 이후로는

정확한 부모님 나이를 헤아리지 못한다

부모님이 늙는 게 싫어서인지
나의 숫자 개념이 오십 이상을
헤아리지 못해서인지

나도 내 나이를
잊어버릴 시점에 와 있다

인내의 시간

휴가 나온 작대기 하나짜리
군인들 한 무리가 버스 정류장에 모여 있다
군기에서 벗어난 자유의 기쁨이 얼굴에 가득하다

문득
군대에 가 있는 아들이 보고 싶다
군 생활에 적응이 된 작대기 네 개
힘들고 어려웠던 시기가 지나고
이제는 기다림의 시간만 남았다

세상으로 돌아올 그 시간이
얼마나 아득하게 느껴질까

인내를 배우는 시간

인생에 있어서 인내가 얼마나

필요한 것임을 깨닫는 시간들

그 기다림의 시간을 잘 견디면

그 짧은 시간이 평생에 도움이 되는

무한한 시간이 될 것이다

오로지

정신과 육체 건강하게 지켜

세상으로 돌아오라

존재를 알리고 싶은 날

이해하고

인내하고

양보하는 것이

여자의 일생이려니

하고 살다보면

어느 순간

감정이 폭발하는 때가 있다

그럴 때는

짜증도 신세 한탄도 아니고

조용히

증발되고 싶다

영원히

실종되고 싶다

그래서

남은 사람들에게

희미한 궁금증이라도

남게 하고 싶다

혼자 청소하는 날

식구들이 다 나간 후
혼자 청소를 한다

구석구석 쌓인 먼지와
전쟁을 하는 시간이다

어지르는 것이 특권인
남편과 아이들의
뒤치다꺼리를 하다보면

정말 먼지가 싫다
여자인 내가 싫다

난 도저히
쌓이는 먼지를
이겨 먹을 수가 없다

여자의 눈에만 보이는 것

남자 눈에는

보이지 않는 먼지가

왜

여자 눈에만 보이는가

아무리

먼지가 가득해도

남자들은

그 먼지 한번

닦아낼 줄 모른다

나를 부르는 소리

나는 이름이 없다

나의 이름을 부르는 사람도 없다

나의 이름은 폐기 처분된 지 오래되었다

집 안에서 나를 부르는 소리는

전자레인지에서 음식이 데워졌다고

'삐삐' 거리는 소리

세탁기에서 빨래가 끝났다고

'삑삑' 거리는 소리

전기밥솥에서 밥이 다 되었다고

'삐' 거리는 소리

유일하게

세상과의 소통을 이어주는

'따르릉' 거리는 전화벨 소리가

나를 부르는 소리다

그대 이름은 남자

태어나서

죽을 때까지

여자의 보살핌 없이는

살 수 없는

영원한

하등동물

그대 이름은

남자

적과의 동침

흠뻑 물오른 봄날의 나뭇가지처럼

몸과 마음이 한창 싱그러운 시절에

먼지와 전쟁을 치르던 시절이 있었다

먼지와의 전쟁은 그 후로도

오랫동안 치열하게 이어졌다

먼지는 끊임없이 나타났다

걸레질을 하고 뒤돌아보면

햇빛이 환하게 비쳐든 그곳에

먼지들이 춘설처럼 날리고 있기도 했다

마치 조롱을 하고 있는 듯이

수십 년의 세월이 흘러

몸과 마음이 한겨울 메마른 나뭇가지처럼

서걱거릴 때쯤 먼지와의 전쟁은 끝이 났다

지금은 먼지가 쌓여 있어도

그냥 눈감아버린다

걸어두었던 옷을 꺼내서 툭툭 털어 입는다

발바닥에 서걱거리는 느낌이 와도

손으로 한번 쓱 털어버리고 만다

침대 헤드사이드에 걸레질을 한 자국이

먼지로 보이는 데도 그냥 무심히 지나친다

적과의 동침

바로 그것이다

오랜 세월의 전쟁 속에서

문득 깨달음이 왔다

먼지와 나는 적대 관계가 아니라

한 줄기인 것을

나도 마침내는 한 줌의 먼지라는 사실을

날궂이

하늘이 열려

비가 내리면 내렸지

왜

내 몸의 뼛속이 아파야 되는 건가

밤새

팔다리가 쑤시고 저려

잠 못 이루며 고통스러워했는데

새벽에 한차례

비가 내렸다

이렇게 온몸의 뼈와 신경이

찢어지도록 아픈 밤이면

이승에서의 모든 기억 잊어버리고

내리는 빗속에 익사하듯

죽음보다 더 깊은 잠에 빠지고 싶다

죄와 벌

아!
살기 힘드네요
한 시절엔 궁핍에서
벗어나기가 힘에 겹더니

아!
살고 싶지 않네요
또 한 시절엔 갈등의 골이 깊어
헤어나기 힘들더니

아!
그냥 죽어버리고 싶네요
암울한 시절에는
증오와 분노가 끓어넘쳐
내 한 몸을 녹아내리니

살아 있는 것 자체가
죄와 벌이네요

구시렁구시렁

어렸을 때

할머니들이 구시렁거리는 것을 보면서

늙은이들의 주책인 줄 알았다

나도 나이를 먹어가면서

구시렁거리는 일이 많아졌다

남편이나 다 큰 아이들의

뒤통수에 대고 혼자 구시렁거린다

마주 보고 대꾸하면

언성이 높아지니까

혼자만 들릴 수 있는

조그만 목소리로 구시렁거린다

왜 여자가 나이를

먹어가면서 구시렁거리게 될까

평생 살면서

남편과 아이들에게

맞춰진 행동반경 때문이다

혼자 삭여야 되는

한이 많이 쌓였기 때문이다

몸속에

노폐물처럼 차곡차곡 쌓인 한이

목까지 차올라

입 밖으로 꾸역꾸역 나오는 것이다

구시렁구시렁

눈물이 난다

이따금씩

사는 게

구질구질할 때가 있다

내 자신에게 진실하고 싶은데

나마저 내 자신을 우롱할 때가 있다

그럴 때면 깊은 밤

잠 못 이루며 괴로워하다 삶이

구질구질하다고 느끼며

마음 깊은 곳에서 펌프질하듯 눈물이 난다

나에게 진실하고

남에게 정직하고 싶은데

세상은 가끔씩

사람은 자꾸만

나를 치사하게 만든다

세상에게

사람에게

가끔씩 우롱을 당할 때면

내 자신이 초라해져서 눈물이 난다

사는 게

살아 있는 게

힘들어서 구질구질해서

눈물이 난다